2 粉晶的主人

水晶公主

目錄

登場角色介紹

絲絲
水晶王國的紫水晶公主，性格溫柔、勇敢，很有愛心。

彼得
將軍的兒子，和絲絲是好朋友，十分貪吃，有時會闖禍。

草菇
白色的羊駝，喜歡健身，非常在意自己的髮型。

國王
紫水晶公主的父王，為國家勞心勞力。

皇后
紫水晶公主的母后，性格溫柔，很疼愛絲絲。

烏龜老師
見多識廣的智者，走路很慢，口頭禪是「嗚耶」。

米米恩
甜美可人的粉晶公主，喜歡製作甜品。

李察基爾
小時候是米米恩的坐騎，很喜歡跟米米恩在一起。

河馬先生
蘑菇村莊的村民，因為某個原因想娶米米恩為妻。

粉粉莊園園主
出色的農夫，培植出令人垂涎三尺的淡雪。

灰兔小姐
非常愛美的美少女，喜歡熱鬧。

絲絲的願望

這是一個天朗氣清☀的早上，水晶王國的皇宮中，傳出了「乒乒乓乓！叮叮噹噹！」的聲響。

原來紫水晶公主絲絲正在廚房忙着，她大汗淋漓💧卻又不慌不忙😊地說：「叉子。」

她說完後，旁邊的皇宮主廚松鼠嬸嬸立即遞上了叉子。

絲絲又一臉認真地說：「湯匙。」

松鼠嬸嬸聽到後，便又遞上了湯匙。

過了一會，絲絲說：「抹汗。」

　　松鼠嬸嬸立刻拿出手帕，細心地幫絲絲抹去額上的汗水。

　　「乒乒乓乓！叮叮噹噹！」松鼠嬸嬸聽着碗碟、刀叉碰撞的聲音，不禁皺了皺眉道：「絲絲，你到底在炮製甚麼？」

　　絲絲沒有停下來，而是一邊把奇異果的皮撕下，一邊回答她：「我在炮製鮮果沙律呢！」

　　「哦！原來你想吃鮮果沙律，你吩咐我做就好。」松鼠嬸嬸說。

　　「松鼠嬸嬸，我已長大了，想好好學習生活上不同的技能。」絲絲說：「而且這份鮮果沙律，我是要給父王、母后吃的，所以一定要親力親為凵。」

「嘻嘻，絲絲果然又孝順又乖。」松鼠嬸嬸忍不住稱讚她。

絲絲吐了吐舌頭道：「其實，我有事要請求父王、母后。」

松鼠嬸嬸好奇地問：「是甚麼事呢？」

絲絲說：「上次跟彼得、草菇離開皇宮幾天，回來後我一直念念不忘，想再次出去見識這個世界，學習更多知識，所以很想請求父王、母后，讓我再去幾天旅行。」

松鼠嬸嬸說：「原來是這樣，絲絲這麼機靈乖巧，相信國王、皇后一定會放心讓你出外的。」

絲絲把切好的奇異果、蘋果和香蕉整齊地擺放在水晶碟子上，然後滿意地笑了起來。

松鼠嬸嬸定睛看着排列好的生果，好像在思考着甚麼，過了一會，她才 💬 喃喃自語說：「如果這碟沙律加上淡雪就更好了。」

「淡雪？」絲絲好奇地問：「甚麼是淡雪？」

松鼠嬸嬸有點尷尬：「其實我也不大清楚，只聽說淡雪是一種很好吃的水果，而且外形漂亮，可是我既沒有看過，也沒有吃過，真的很想有機會試試。」

「原來是這樣......」絲絲的話還未說完，卻被一把聲音打斷了。

「嗚啊！我要吃淡雪！」一個身影撲進了廚房，絲絲和松鼠嬸嬸仔細一看，原來是競德將軍的兒子彼得。

「噗！」絲絲不禁笑了起來 ：「果然說起吃東西，你這個貪吃鬼就會出現。」

松鼠孀孀道：「你為甚麼在外面偷聽我們說話？」

彼得面紅耳赤>///<地摸摸自己的頭髮說：「我……我只是剛巧路過，聽見松鼠孀孀說起淡雪，聽起來好像很吸引，我也很想吃呢！」

絲絲眨眨眼說：「那就好了，這次你也願意陪我到皇宮外嗎？我們可以在旅途中尋找淡雪呢！」

彼得大力地點點頭 ：「當然願意，我要負責保護絲絲呢！」

於是，絲絲捧起完成了的鮮果沙律，向彼得說：「那我現在就去見父王、母后，你等我好消息吧！」

絲絲帶着鮮果沙律來到水晶主殿，只見國王剛完成了手上的工作，雙手高舉伸了個懶腰；而皇后則在旁邊安靜地看書。

「父王、母后！」絲絲興奮地跑向他們。

「呵呵！是我們的乖女兒。」國王慈祥地笑着。

「我炮製了鮮果沙律給你們吃，快試試！」絲絲把沙律放在桌上，然後遞上兩支漂亮的水晶叉子。

皇后急不及待吃了一口生果，開心地嚷着：「真好吃，絲絲太厲害了！」

國王卻沒有吃，而是笑意盈盈地望着絲絲：「乖女兒，是不是有甚麼要跟父王、母后說？」

絲絲驚奇地說：「為甚麼父王會知道？」

「當然，我是全水晶王國最聰明的男人！呵呵！」國王自豪地說。

「是這樣的……」絲絲把想到皇宮外旅行和找尋淡雪的心願都一一向國王、皇后說出。

皇后點點頭：「絲絲已經長大了，是時候多些出外見識見識。」

國王也同意說：「對，說起來，水晶王國的北部前陣子下過大雨，雖然官員們匯報說那邊的國民一切安好，但我仍是有點不放心，絲絲，你就代父王去體察民情，順便在途中尋找淡雪吧。」

　　絲絲開心得拍起手來，興奮地說：「太好了，多謝父王、母后！那我這次也和上次一樣，跟彼得和我的坐騎草菇一同出發！」

 # 出發吧！

在皇宮花園裡，有一隻小羊駝在陽光下散步。

「草菇！草菇！」有人大叫他的名字。

草菇向聲音傳來的方向看去，絲絲和彼得正在跑過來。

「呼……呼……」彼得喘着氣，大力拉着草菇說：「我們快走吧！」

草菇歪着脖子道：「去哪兒？」

絲絲抹着汗說：「父王派我到北部體察民情，我當然要找你一起去。」

草菇聽完興奮得在地上一邊翻滾一邊歡呼：「真的嗎？自從上次外出之後，我也很期待能再次出遊呢！」

「那我們現在就出發吧！」絲絲說。

可是草菇卻緊張地說：「不行！」

「為甚麼？你沒空嗎？」絲絲噘着嘴問。

草菇一臉尷尬地說：「我要先梳理一下頭髮，十分鐘後在皇宮大門前等吧。」

「好啊！」絲絲和彼得異口同聲地說。

十分鐘後，大夥兒在皇宮大門前集合，草菇果然把瀏海梳得十分整齊漂亮。

「我們可以出發了。」草菇高興地嚷着 。

「不行！」這次輪到絲絲大叫。

彼得**驚訝萬分**⚠️地問 ：「為甚麼？」

「你有帶彼得石嗎？如果沒有，要回去拿啊！」絲絲問彼得。

「哈哈，當然有。」彼得笑着從口袋取出一顆帶有橙色花紋的藍水晶。

絲絲拍手道：「太好了！快用彼得石聯絡烏龜老師，我要跟他道別。」

於是，彼得捧着彼得石高呼：「嗚吧吧，嗚呵呵，我要跟烏龜老師說話！」

　　彼得石立即散發出漂亮的藍色光芒，烏龜老師的影像即時投射到了空中，烏龜老師說：「找我嗎？嗚耶！」

　　絲絲立即說：「烏龜老師，我和彼得、草菇要出發往北部，所以特意跟你道別。」

　　烏龜老師托了托眼鏡道：「絲絲真乖，你們要玩得開心點。嗚耶！你剛才說要去北部嗎？」

　　「是的。」絲絲回答。

　　「那麼，你們可以帶些淡雪回來嗎？」烏龜老師說。

　　彼得聽見後激動得蹦跳起來大嚷：「烏龜老師，你也知道淡雪嗎？我很想吃呢！可是我們只是聽松鼠嬸嬸說過，知道淡雪是一種很好

吃的水果，而且外形漂亮，但到底要去哪兒才可以找到呢？」

「嗚耶！你們真的問對人了，我年輕時曾在北部一個叫粉粉莊園的地方吃過淡雪，那種清甜美味着實令我難忘。所以，只要你們去粉粉莊園，相信就可以把淡雪帶回來。」烏龜老師耐心地說明。

「好，那我們就向粉粉莊園進發！」彼得高興地大叫。

「唉，一說起食物，彼得就會特別精神。」草菇無可奈何＝＝地說。

「是呢！」絲絲笑說。

他們跟烏龜老師道別後，就浩浩蕩蕩地出發，離開皇宮展開旅程。

他們依着指南針的指示，一直向北方走，彼得的步伐特別快，似乎很心急要吃到美味的淡雪呢！

「彼得，你不要走太快！」絲絲在後面叫着。

「絲絲，讓我背着你走吧。」草菇提議。

於是，絲絲坐到草菇的背上，草菇快步向前，很快就超越了彼得。草菇還得意地回頭說：「彼得，我們要比你先吃到淡雪呢！」

「可惡啊！等等我！」彼得也拼命地追趕上來。

在嬉笑中追逐的他們，會順利找到粉粉莊園嗎？

他們走了數小時，一直到黃昏時分，草菇突然興奮地高呼：「看，我們到了！」

果然，前方不遠處有一個漂亮的入口，上面寫着「粉粉莊園」。

彼得吐吐舌頭說：「時間正好呢！天氣這麼熱，我走得滿頭大汗，真想吃一百顆淡雪解渴。」

「一百顆？你這貪吃鬼，小心吃壞肚皮啊！」絲絲笑說。

草菇踢着腿說：「還說甚麼呢？我們快進去大快朵頤🙂吧。」

粉粉莊園

他們走進了莊園，裡面是一大片農作物。

絲絲俯身細看農作物的葉子，驚奇地說：「咦，這看來像是士多啤梨的葉子。」

「但是依烏龜老師所說，粉粉莊園是種植淡雪的，怎會是士多啤梨？」草菇說。

「可是，我常常吃士多啤梨，這葉子看來的確一模一樣。」絲絲說。

彼得沒有理會她，而是快步鑽進去，並嚷着：「快來吧！不管是士多啤梨還是淡雪，我都要吃啊！」

絲絲和草菇聽完後，也立即跟着彼得鑽了進去。

「奇了，為甚麼這些農作物都沒有果實呢？」彼得一面觀察一面說。

「難道還未到收成的季節？」絲絲問。

突然，一把凶惡的聲音從他們後面傳來：「可惡！」

絲絲和彼得還來不及反應，就聽到草菇慘叫了一聲。

「救命！救命！我的頭髮亂了！」草菇悲傷地哀號，原來他的頭部被一個大網套住了。

草菇的身後出現了一個強壯的叔叔，他**凶神惡煞**地看着絲絲等人。

「叔叔，你為何要捉住草菇？」絲絲着急地問。

叔叔**怒氣沖沖**地大吼：「你們這些小偷，快滾出我的莊園！」

「小偷？」彼得驚訝地說。

絲絲立即冷靜地試着解釋：「園主叔叔，你誤會了，我們不是小偷。」

園主叔叔停下來仔細打量着絲絲，然後摸摸自己的頭髮說：「看你這樣有禮貌，的確不像小偷。」

這時草菇終於甩開了頭上的大網，大聲抗議起來：「吼！難道我跟彼得像小偷嗎？」

園主叔叔看了看他們，說：「你們兩個一副貪吃的樣子，誰知道你們是不是要來偷我的水果呢？」

絲絲聽完捧腹大笑起來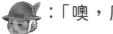：「哈哈，他們的確很貪吃，不過請你不用擔心，我們是不會偷東西的。」

彼得大力地點點頭：「對！我們只是想來購買一些淡雪回去。」

園主叔叔聽到後，忽然流露出傷心的表情：「噢，原來你們是來找淡雪的，可是真抱歉，今年我的莊園沒有種出淡雪。」

「為甚麼？」彼得瞪大雙眼問。

叔叔難過地搖搖頭，過了很久才開口說：「你們跟我來看看就會明白了。」

　　於是，絲絲、彼得和忙於把瀏海梳理好的草菇跟着園主叔叔，向莊園的一個小倉庫走去。

　　園主叔叔把小倉庫的門打開，悲傷地說：「你們看，我今年辛苦種植的淡雪都變成這樣子了。」

　　絲絲等人探頭一看，小倉庫中整齊地放了一籮又一籮的水果，絲絲拿起其中一顆說：「是灰色的士多啤梨？」

　　園主叔叔嘆了一口氣道：「一般士多啤梨是鮮紅色的，而淡雪是由我培植出來的粉紅色士多啤梨，不但顏色特別，而且有一種迷人的香氣。」

「那麼，這灰色的是甚麼？」彼得問。

「我每年都能成功種植出淡雪，但是不知為甚麼，今年的士多啤梨竟然全都是灰色的！」園主叔叔垂頭喪氣地說。

「這真奇怪，難道是因為之前北部下大雨，令士多啤梨變壞了？」絲絲試着推理。

園主叔叔搖搖頭：「不會的，我做了這麼多年農夫，即使多大雨，也不可能令士多啤梨變成這樣。」

絲絲看到園主叔叔這麼傷心，只好溫柔地安慰他說：「叔叔，我們一定會幫你查出原因，好讓你能重新種植出淡雪的。」

彼得也挺起胸膛，**英明神武** ▬▬
地 說 ：「沒 錯，我 一 定 要 吃 到 淡 雪……
噢！不，我 一 定 會 以 聰 明 才 智，找 出 當 中 的
原 因！」

粉晶頸鍊

園主叔叔讓絲絲等人查看粉粉莊園的每一個角落，看看有甚麼線索。

天色漸暗，草菇忽然在不遠處的地上看到一件 閃閃發光  的東西，他立即大叫：「絲絲、彼得、園主叔叔！快過來看看！」

絲絲等人聽到後，都紛紛跑過來，在眾人眼前的，竟然是一條亮晶晶的粉晶頸鍊。

「咦？」彼得彎下腰拾起頸鍊，驚奇地說：「這看來跟絲絲的紫水晶頸鍊十分相似啊！」

「是啊，絲絲的頸鍊是紫色的，而這條是粉紅色的。」草菇說。

絲絲聳聳肩說：「可是我從來沒有見過這條粉晶頸鍊呢。」她轉身望向園主叔叔問：「叔叔，這頸鍊是你的嗎？」

「這不是我的，」園主叔叔的眼珠轉了一圈後說：「不過，我好像知道是誰遺下的！」

「是誰？」絲絲、彼得、草菇三人異口同聲地問。

　　「不久前，有一個美麗的少女曾經路過粉粉莊園，她還跟我的女兒玩了一會。那個少女有一把長長的粉紅色秀髮，穿着華麗的粉紅色衣裙……這麼想起來，她的容貌跟絲絲有點相似呢。」園主叔叔說。

　　「別說謊！怎會有人跟絲絲一樣漂亮呢？」彼得說。

　　絲絲瞪了他一眼，才對園主叔叔說：「那麼，我們要把粉晶頸鍊物歸原主，但要怎樣才找到那位少女呢？」

　　「這個……我也不知道，因為那少女只是在莊園逗留了一會就走了。」園主叔叔回答。

　　絲絲仔細看着手上的粉晶頸鍊，思考了好一會後說：「這條頸鍊製作得十分精細，看

來不像是一般人的物品，不如我們問問烏龜老師，看看他知不知道吧。」

彼得點點頭，便從口袋拿出彼得石高呼：「嗚吧吧，嗚呵呵，我要跟烏龜老師說話！」

烏龜老師的影像即時出現，他說：「嗚耶！你們找我嗎？」

絲絲立即拿起粉晶頸鍊說：「烏龜老師，你有見過這條頸鍊嗎？」

烏龜老師戴起眼鏡，瞇着眼回答：「這不就是粉晶公主米米恩的頸鍊嗎？」

「是堂姐米米恩的？」絲絲驚訝地說。

烏龜老師點頭說：「嗚耶！也難怪你不知道，畢竟米米恩小時候已隨你叔叔、嬸嬸住在

宮外，近年又到處遊歷學習製作甜品，所以你長大後都沒有見過她。」

「那麼，我們要去找米米恩，把頸鍊還給她。」絲絲說。

烏龜老師摸摸下巴道：「說起來，這頸鍊為甚麼會在你手上？你們在哪兒拾到的？」

草菇說：「就是在粉粉莊園找到的。」

烏龜老師激動得瞪大雙眼說：「在粉粉莊園找到？嗚耶！那麼，莊園中的淡雪豈不是都變成了灰色？」

聽到這裡，園主驚奇地大叫：「你怎麼知道的？」

烏龜老師拍拍心口道：「我當然知道，因為每位公主身上的水晶頸鍊都有特殊的魔力。」

「魔力？」絲絲驚訝地問。

「你試試脫下你的紫水晶頸鍊，把它放在地上看看。」烏龜老師說。

絲絲疑惑地說：「烏龜老師，在我小時候得到紫水晶頸鍊時，你不是教導過我不可以把頸鍊脫下嗎？」

烏龜老師點頭說：「對，不過現在有我指導，你脫下一會也可以。」

絲絲立即依烏龜老師的指示，將紫水晶頸鍊脫下，然後放在地上。

眾人忍住呼吸觀察，可是甚麼動靜都沒有。過了一會，彼得終於忍不住說：「根本沒事發生啊！」

烏龜老師眨眨眼說：「你們不要老是做低頭族看着頸鍊，看看絲絲和園主吧。」

眾人立即抬頭看絲絲和園主，原來絲絲的頭髮、眼睛、衣裙，還有園主那本來是紫色的帽子和襯衣，竟然都變成了灰色。

絲絲大力拍了拍手，恍然大悟地說：「我明白了！紫水晶頸鍊離開了我的脖子後，會開始吸收附近的紫色；而米米恩遺下了粉晶頸鍊，所以粉晶就吸收了附近淡雪的粉紅色！」

烏龜老師大力點頭說：「嗚耶！絲絲真聰明！所以，公主們從小就被教導不可以脫下水晶頸鍊。」

　　絲絲連忙拾起頸鍊重新戴回脖子上，果然過了一會，剛才變了灰色的東西都回復了紫色。

　　草菇撥了撥瀏海說：「那麼，只要我們把粉晶頸鍊還給米米恩，叔叔的淡雪就會變回粉紅色了？」

　　烏龜老師鼓掌說：「嗚耶！草菇也很聰明呢。」

　　「烏龜老師，我也很聰明的！」彼得抗議道。

　　烏龜老師沒有回應他，而是打了個呵欠說：「我也要睡了，你們明天去找米米恩吧！有甚麼不明白的話，可以再找我。」

「好的，晚安。」絲絲等人說。

由於天已經黑了，園主叔叔邀請絲絲等人在莊園的客房休息了一夜。第二天一早，他們便帶着粉晶頸鍊，跟園主叔叔一家暫別。

「叔叔，你不用擔心，我一定會讓你的淡雪變回漂亮的粉紅色的。」絲絲說。

園主叔叔感激地說：「謝謝你們，到時我一定會請你們好好品嘗淡雪的。」

彼得聽見他這樣說，頓感 ★ ☆ 精神百倍，拍拍心口**胸有成竹**地說：「放心吧，我一定會把任務完成。」

於是，他們幾個離開粉粉莊園，開始尋找米米恩的蹤跡。

櫻花盛典

「我們要去哪兒找米米恩呢？」草菇問。

彼得立即說：「烏龜老師說米米恩到處學習製作甜品，所以我猜她一定是在甜品中心！」

「那麼，甜品中心在哪裡？」絲絲問。

彼得信心十足地說：「這我早就調查過，你們跟着我就可以了。」

草菇歪着脖子問：「為甚麼你早就知道要去甜品中心找米米恩？」

「嘻嘻！」絲絲掩着嘴巴笑：「他是早就想去吃甜品才對！」

　　草菇這才茅塞頓開，他不禁說：「果然是貪吃鬼彼得！」

　　彼得不好意思地笑了笑，然後揮揮手說：「甜品中心距離這裡有點遠，我們快點起程吧。」

　　「好，出發吧！」絲絲道。

　　他們沿着粉粉莊園附近的河流前進，沿途也不忘留意有沒有米米恩的蹤影。

　　過了不久，草菇說：「看，前面有很多人在排隊，米米恩會不會也在其中？」

　　「嗯，我們去看看。」絲絲說。

　　他們來到隊伍的最後，彼得問前面的一位灰兔小姐：「請問你們為甚麼在排隊？」

打扮得 ★花枝招展★ 的灰兔小姐回答:「這裡是排隊進去參加櫻花盛典的。」

「櫻花盛典?」草菇好奇地問。

「對,你們一定是遊客吧?這裡每年都會舉行櫻花盛典,樹上盛開着美麗的櫻花,還有各種精品和好吃的櫻花餅呢!」灰兔小姐說。

「好吃的櫻花餅?」彼得雙眼發亮,回頭對絲絲、草菇說:「米米恩可能在裡面,我們排隊進去吧。」

　　絲絲輕打了彼得的頭一下，然後說：「好吧，我們進去找米米恩……和櫻花餅。」

　　他們排了大半小時隊，終於能置身於櫻花盛典中，可是他們一進去，就聽到遊客們的驚呼：「發生甚麼事？怎麼會這樣的？」

　　大家期待的漫天櫻花竟然沒有出現，在眼

前只有一株株長着灰色花朵的樹，還有飄散在地上的灰色花瓣。

正當他們**滿腹狐疑**之際，身後傳來一聲驚呼，回頭一看，只見櫻花餅攤檔的姨姨慌張地說：「為甚麼我的櫻花餅都變成了灰色的？」

絲絲好像突然想起了甚麼，正想開口的時候，忽然聽到一聲慘叫：「啊！」

原來是剛才的灰兔小姐，她正傷心地擦着眼淚。

草菇連忙問她：「你怎麼了？」

灰兔小姐哭着說：「我剛剛走近河

邊，無意中一看，竟然在河水的倒影中看到灰色的兔子。」

彼得皺着眉回應：「那有甚麼稀奇？那是你的倒影啊！」

灰兔小姐激動地跺着腳大叫：「才不是呢！我明明是漂亮的粉紅色兔子，現在變成了灰色，我一定是患上了絕症！」

絲絲溫柔地安慰她：「灰兔小姐，你先坐在樹下的長椅休息一會，不用太擔心。」

「真的嗎？難道你是醫生？」灰兔小姐問。

絲絲尷尬地說：「無論如何，請你相信

我，你只要休息充足，很快就會沒事。」

灰兔小姐點點頭，轉身慢慢走到樹下休息。

這時，絲絲卻輕聲對彼得、草菇說：「我們要快點離開！」

彼得噘嘴說：「可是我還未吃櫻花餅啊！」

「你們忘了我身上帶着粉晶頸鍊嗎？它把櫻花、櫻花餅和灰兔小姐的粉紅色都吸走了！」絲絲緊張地說。

聽她這樣說起，彼得、草菇才如夢初醒，齊聲說：「啊，原來是我們破壞了櫻花盛典！我們一定要加快腳步去找米米恩

才行。」

　　於是，他們急急離開了櫻花盛典，並期望能快點找到米米恩，把一切都回復原狀。

　　他們離開櫻花盛典後來到河邊，這裡有一位海鷗先生正在釣魚。

　　「啊！」海鷗先生忽然慌張地大叫，並且手忙腳亂◎◎地拉起了魚竿。

　　「甚麼事？」草菇問。

　　海鷗先生跌跌撞撞地走過來，結結巴巴地說：「你……你們看！河中有……有水怪。」

　　「水怪？」絲絲等人立即望向河中，果然看到有一團巨大的白色東西在水裡。

「絲絲，讓我保護你！」彼得立即英勇地拔出長劍，擋在絲絲前面。

只見那白色東西動了一動，海鷗先生嚇得立刻說：「我先走了，你們小心點！」他說完就一溜煙地走了，留下了絲絲幾個在原地。

白色的東西在水中又動了幾動，然後突然快速地冒出水面，濺起了很多水花。

在水花中出現的，是一隻擁有長長脖子、黃色橢圓形嘴巴和細長眼睛的巨鴨。

　　絲絲側着頭看他，疑惑地說：「我好像在甚麼地方見過你？」

　　巨鴨彬彬有禮地說：「絲絲你好，我是李察基爾，我們之前在宮中的坐騎選拔賽中見過面*，可是我落選了，吖吖。」

　　「啊！我想起來了！我在坐騎選拔賽中見過你。」絲絲說：「你為甚麼會來這裡？」

　　李察基爾回答：「我是來找你們的，吖吖。」

　　「找我們？」草菇好奇地說。

　　李察基爾點點頭走上岸，眾人驚奇地看着他，因為他竟然有四條腿！

　　「李察基爾……鴨子不是只有兩條腿嗎？」彼得問。

*有關情節可參考《水晶公主(1)：回來吧！紫水晶力量！》

李察基爾解釋：「我可不是普通的鴨子，李察基爾家族世世代代都是皇室的坐騎，擁有四條腿的我不但擅長游泳，跑步也很快。」他稍稍停頓了一下，忽然苦着臉說：「我小時候是米米恩的坐騎，可是在她跟父母離宮那天，我剛巧生了大病，需要皇宮的醫生治理，所以我就沒有跟她走。」

「你曾是米米恩的坐騎？」絲絲問：「我們正在找她呢！」

李察基爾點頭道：「我已聽烏龜老師說了，你們拾到粉晶頸鍊，我想米米恩也一定很着急要找回頸鍊，所以我便連夜沿河流游過來，希望幫忙去找她。」

「那你猜她在哪裡？」絲絲問。

「米米恩早前曾寫信給我，說她正在北部的蘑菇村莊，吖吖。」

草菇高興地說：「眞的嗎？那我們快去蘑菇村莊吧！」

他們收拾心情，動身向蘑菇村莊進發。蘑菇村莊原來位於外形像蘑菇的山上，他們乘搭登山纜車上山，山下的風景如詩如畫，美麗極了。

他們一下車便看到遍地的水晶蘑菇，又可愛又漂亮。

「啊！原來這裡是盛產水晶蘑菇的，眞是太美麗了！」草菇驚嘆地看着地上亮晶晶的蘑菇。

絲絲也禁不住說：「好想帶父王、母后來看看呢，他們一定會很喜歡。」

正當他們讚不絕口 ❤ 時，一位小貓妹妹突然跑過來，指着絲絲開心地大叫：「是啫喱姐姐！」

跟在後面的貓媽媽溫柔地對女兒說：「這不是啫喱姐姐，你認錯人了。」

小貓妹妹噘着嘴說：「是啫喱姐姐，她脖子上也戴着啫喱！」

貓媽媽說：「可是啫喱姐姐的頸鍊是粉紅色的，這位姐姐的是紫色的。」

絲絲聽她這麼一說，立即着急地拿出粉晶頸鍊問：「你們說的啫喱姐姐，是不是戴着這條頸鍊的？」

貓媽媽道：「對啊，為甚麼啫喱姐姐的頸鍊會在你處？」

「我是她的堂妹，我正四處找她呢！」絲絲解釋。

貓媽媽還未回答，小貓妹妹就哭鬧着向絲絲說：「姐姐，我要吃啫喱！」

彼得摸摸她的頭髮問：「妹妹，你為甚麼總說頸鍊是啫喱呢？」

貓媽媽連忙解釋：「因為你的堂姐之前來過蘑菇村莊，還親自製作了很多跟這個水晶鍊墜一模一樣的啫喱派給村民，我的女兒十分愛吃，所以常常提起。」

「那麼，請問我的堂姐現在去了哪裡？」絲絲問。

「這我不大清楚，說起來很奇怪，你的堂姐離開時也沒有跟村民道別，只是有一天大家突然沒有再看見她，相信她已經下山了。」貓媽媽說。

聽到貓媽媽說米米恩已不在蘑菇村莊，絲絲、彼得、草菇和李察基爾都很失望，也只好下山去其他地方再找，卻沒留意到一位神秘的村民也悄悄跟着他們下山了。

迷路的河馬先生

「李察基爾，除了蘑菇村莊外，你猜米米恩還會去哪裡？」草菇問。

李察基爾側着頭思考了一會，才猶豫地說：「我猜她會在有很多甜品的地方，吖吖。」

絲絲想了想，便說：「那麼，我們再次起程去甜品中心碰碰運氣吧。」

彼得聽到可以去甜品中心，立即附和說：「對！米米恩一定在那兒的。」

可是，就在他們準備再次出發之際，一個黑影突然從樹下閃身而出，攔在了絲絲面前。

彼得見狀，馬上拔出長劍，擋住了那個黑影。

黑影停下了腳步，他們定睛一看，眼前原來是一位灰色的河馬先生，他看着彼得的長劍，臉上滿是慌張懼怕的神情。

絲絲立即拍拍彼得道：「不用緊張，你這樣會嚇壞河馬先生的。」

彼得把長劍收起，向河馬先生道歉：「對不起，我真是太緊張了。」

河馬先生這才稍為安心，有禮地說：「是我突然走出來嚇到你們才對，真抱歉。其實，我是有事情想你們幫忙。」

李察基爾熱心地問：「有甚麼可以幫你？吖吖！」

「我想去蘑菇村莊，可是我似乎迷路了。」河馬先生說。

草菇高興地說：「你問對人了，因為我們才剛從蘑菇村莊離開，你只要去前方坐登山纜車，下車後就會看到遍地亮晶晶的水晶蘑菇，那兒就是蘑菇村莊了。」

河馬先生聽後一臉驚訝：「甚麼？要坐登山纜車？可是......我有畏高症！」

「蘑菇村莊就在山上，這樣的話恐怕......」李察基爾說。

「如果走路上山，我應該沒有問題的，但是我怕我會再次迷路。」河馬先生愁眉苦臉地說：「其實我的外婆住在蘑菇村莊，她

最近生病了，所以我十分擔心，很想快點看到她。」

　　善良的絲絲聽到後，立即說：「不用擔心，不如我們陪你上山吧！」

　　河馬先生開心地說：「真的？」

　　彼得卻說：「可是，我們不是要去甜品中心嗎？」

　　絲絲笑說 ：「那還不容易？我和草菇送河馬先生上山，你和李察基爾就前往甜品中心，你們可以邊吃甜品邊等我們。」

　　彼得大力搖頭道：「這不可以，我的責任是保護你，如果我不在，萬一你在山上遇到危險就慘了！」

　　絲絲甜笑道：「你不用擔心，我和草菇、河馬先生一起走，不會有危險的。」

　　河馬先生着急地說：「對！你放心吧！」

　　雖然絲絲和河馬先生都這樣說，但是彼得仍然堅決地道 ：「不可以！我不可以離開半步！」

　　「嗚……」河馬先生突然哭了起來：「那怎麼辦？我很擔心外婆的身體呢。」

　　彼得想了想道：「不如草菇和李察基爾送河馬先生上山吧！」

　　草菇和李察基爾一同點頭說：「好。」

　　但是，河馬先生卻着急地大叫：「不行！你們真是煩死了！」只見他急得七竅生

煙ㄊㄨㄟ，然後突然伸手抓住絲絲，快步跑
了起來！

「啊！」絲絲被他拉着跑，嚇得花容
失色ㄊㄨㄟ，驚慌地大叫。

「別走！」彼得拔出長劍，快步追着他們，李察基爾和草菇也一起追趕着。

「河馬先生，你要帶我去哪兒？」絲絲害怕地問。

「嘿嘿嘿！」河馬先生奸笑起來：「我要你當我的妻子，我要天天吃你製作的美味啫喱。」

「甚麼啫喱？我不懂製作啫喱呀！」絲絲說。

「別說謊，我剛才在蘑菇村莊，明明看到你身上有那粉紅色的啫喱頸鍊，你別以為把頭髮變了紫色我就認不出你。」河馬先生說。

「啊！原來你說迷路和外婆生病都是說謊的，你根本想捉我去當你的妻子！」絲絲嚷着說。

就在這時，彼得終於趕到，把河馬先生推開，然後緊張地說：「絲絲，你沒有事吧？」

絲絲搖搖頭，河馬先生卻十分驚訝地說：「你叫絲絲？你不是米米恩嗎？」

「不是！」絲絲氣憤地大叫。

彼得也大吼：「你這可惡的河馬，竟敢捉走絲絲？」

河馬先生知道自己捉錯了人，嚇得落荒而逃，彼得本想追上去，但絲絲卻說：「他想找的是米米恩，堂姐可能會有危險，我們還是盡快去甜品中心，希望能找到她。」

welcome 甜品中心

一行人向着甜品中心的方向走去，很快就看到一座外形奇特的巨大建築。

「這一定就是甜品中心！吖吖！」李察基爾驚嘆。

「我們快進去吧！」彼得歡呼。

他們這樣興奮，是因為眼前的建築物看來太有趣太吸引了，甜品中心的外形原來是一件蛋糕，蛋糕的最底層是巧克力碎餅，上面每一個樓層分別是忌廉、哈密瓜、蛋白蛋糕、芒果、橙味脆餅和蜜桃，單是看外觀就令人垂涎三尺了。

絲絲等人快步走了進去，裡面有很多商店，售賣各式各樣的甜品。

彼得一馬當先跑到一間刨冰店，買了一大杯刨冰跟大家共享。

「太好了！我們在陽光下走來，都熱得汗流浹背，吃一口刨冰真是涼快極了！」草菇說。

彼得大口大口地吃着刨冰，看着絲絲說：「別以為我是貪吃才去買刨冰，其實我是要向刨冰店老闆打聽米米恩的下落。」

絲絲也把凍冰冰的刨冰送進口中，然後問他：「那麼，有沒有線索？」

彼得搖搖頭：「沒有，所以一會要多去幾間店吃東西，希望獲得更多線索。」

絲絲忍不住輕打了彼得一下：「你明明就是貪吃呀！」

彼得吐吐舌頭說：「你們繼續吃，我去繼續買......不，我去查問更多線索。」

他說完就興奮地跑到不同的商店，過不了多久，又捧着糖水、雪糕、布甸、班戟等回來。

李察基爾和草菇看見一大堆令人垂涎欲滴的甜品，也不禁雙眼發亮，大口大口地吃起來。

絲絲見彼得回來，就緊張地追問：「有沒有米米恩的消息？」

彼得嘆息着搖搖頭：「沒有，難道米米恩沒有來甜品中心？」

李察基爾抽了抽鼻子道：「吖吖！不可能，身為米米恩以前的坐騎，我確實感到這裡有米米恩的氣息。」

草菇聽了也洋洋得意ㄟㄟ地點點頭：「對！如果絲絲在附近，我也會感應到的，這就是公主坐騎的技能。」

「這麼厲害！」絲絲驚奇地說。

彼得說：「這座甜品中心有這麼多層，不如我們逐層看看吧！」

「好！」

他們在巧克力碎餅層已吃得肚子滿滿，為了尋找米米恩，便往上向其他樓層進發，但是，他們找遍了忌廉層、哈密瓜層、蛋白蛋

糕層、芒果層、橙味脆餅層，莫說找不到米米恩，就連半點線索都沒有。

「唉，只剩下蜜桃層了。」絲絲嘆氣 。

彼得大力拍拍手道：「不要氣餒！只要再嘗試，一定會找到的。」

他們收拾心情上到蜜桃層，這層有一間很大的蜜桃甜品店，店名叫「蜜嫲嫲」，裡面售賣的甜品全都是以蜜桃製作而成，包括蜜桃批、蜜桃啫喱、火焰蜜桃雪糕等，這些甜品的樣子本應是十分漂亮吸引的，可是當絲絲等人來到這層，所有甜品都變成了灰色！

　　「啊！」蜜嫲嫲的店主驚叫起來：「發生甚麼事？」

　　店內本來有不少想要買甜品的顧客，但他們看到突然變成了灰色的蜜桃甜品，都議論紛紛，有些人甚至懷疑店主出售變壞了的甜品。

　　「糟了！我身上的粉晶頸鍊把蜜桃的粉紅色都吸走了！」絲絲低聲說。

　　「那麼，我們快離去吧！」草菇說。

　　彼得嘆了一口氣，惋惜地說：「在錯過了櫻花餅後，我又吃不到蜜桃甜品嗎？」

　　李察基爾說：「絲絲，如果米米恩在這一層，我們離去的話就找不到她了！我的確感覺到她呢！」

大家你一言我一語，令絲絲一時間都不知如何是好。

突然，一把甜美的聲線在他們身後傳來：「李察基爾？」

李察基爾聽到後十分驚訝，因為他認得這是米米恩的聲音，可是他回頭一看，卻沒有看見米米恩的身影。

李察基爾自言自語：「吖吖！難道我太想念米米恩，所以產生了幻覺？」

但是身旁的草菇卻說：「不是，我也聽到有一把少女的聲音在叫喚你呢。」

這時，少女的聲音又再傳來：「李察基爾，原來真的是你！」

　　與此同時，一個少女穿過人群，向李察基爾跑去，然後熱情地抱住了他。

　　李察基爾看着她，驚奇地問：「你⋯⋯你是誰？吖吖！」

粉晶的主人

「李察基爾，連你也認不到我？」少女問。

少女的聲音雖然聽起來跟米米恩一模一樣，但是她擁有一把海藍色長髮，身穿灰色的衣裙，她根本不是米米恩啊！

李察基爾搖搖頭，就連絲絲、彼得和草菇也是一臉疑惑。

少女看看絲絲，然後問：「你是絲絲嗎？」

絲絲說：「你怎麼知道？」

少女甜美地微笑着：「我離開皇宮時你才只是個小女孩，難怪不記得我呢！不過你

那美麗的紫色秀髮和眼睛，我可是印象深刻啊！」

絲絲看着少女灰色的大眼睛，過了好一會才道：「你是......米米恩嗎？」

少女笑說：「嘻嘻，對呀！很久沒見了，堂妹。」她說完便伸手拉一拉頭頂上的頭髮，那把海藍色長髮竟然被拉了下來！

「原來這是一個假髮！」草菇驚奇地說。

李察基爾看着眼前的米米恩，頓時恍然大悟起來：「吖吖！你的頭髮、眼睛和衣裙都變成了灰色，真的認不出是你呢！」

米米恩點頭回答：「對！其實我遺失了粉晶頸鍊，但剛才我看見那些蜜桃甜品都由粉

紅色變成了灰色，我猜我的粉晶頸鍊一定在附近，當我四處尋找時，就看到李察基爾，真是太開心了！」

絲絲笑嘻嘻說：「你說得對，粉晶頸鍊就在附近！」她說完就把粉晶頸鍊取出，亮在米米恩眼前說：「終於可以物歸原主了！」

米米恩高興極了：「太好了！它終於回到我身邊了！」

米米恩從絲絲手上接過粉晶頸鍊，然後放進了口袋。

彼得覺得奇怪，便問她：「你為甚麼不戴上頸鍊？」

米米恩低聲說：「如果我戴上頸鍊，我的頭髮、眼睛和衣裙都會變回粉紅色，到時被河馬先生發現就麻煩了！」

「對了！」絲絲等人這時才想起河馬先生要捉米米恩回家當妻子的事，便把在蘑菇山下遇上河馬先生的事告訴了米米恩。

米米恩點頭說：「是的，我之前在蘑菇村莊製作啫喱甜品送給村民，住在村莊裡的河馬先生覺得啫喱很美味，竟然想我當他的妻子！他本來想捉我回家，可是我跑得比他快，便連夜逃離了蘑菇村莊，都沒有機會跟村民們說再見呢。」

草菇問：「你離開蘑菇村莊後，便去了粉粉莊園？」

米米恩又點點頭：「對，我聽說粉粉莊園每年都會種出美麗的淡雪，所以便打算去買一些來製作甜品，可是我去到莊園時，原來淡雪還未收成，便跟園主叔叔的女兒玩耍了一會。玩着玩着，我卻發現河馬先生原來正在莊園附近到處打聽我的下落！於是，我一時着急就逃跑了，還不小心遺下了頸鍊。」

彼得說：「原來是這樣的，雖然你的頭髮已變成灰色，但為怕仍然會被河馬先生認出，你便特意戴上海藍色的假髮。 」

米米恩說：「是的。」

絲絲擔心地道 ：「但是，如果米米恩現在不戴回頸鍊，這兒的蜜桃甜品都不能變回粉紅色呢。」

米米恩回頭看看，見到本來想買甜品的顧客都紛紛離開了店子，便說：「你說得對，絕不能因為我一個人，而令蜜嫲嫲的店主浪費心血。」

她說完後，便果斷地從口袋取出粉晶頸鍊戴在脖子上，她的頭髮、眼睛和衣裙都立即變回了浪漫的粉紅色，看來漂亮極了。

眾人望向蜜嫲嫲店內，裡面的甜品都由灰色變回了令人垂涎三尺的粉紅色，本來離開了的顧客都轉身走回店內，搶購那些又精緻又美味的蜜桃甜品。

絲絲開心地說：「太好了，一切都回復原狀了。」

但是，米米恩卻一臉擔憂地 👁 👁 東 張 西 望，害怕自己會被河馬先生發現。

　　絲絲安慰她說：「米米恩，你不用害怕，我們會保護你的，而且彼得是將軍的兒子，他武功高強，何況……咦？」

　　絲絲說到這裡才發現，本來站在她身後的彼得竟然不見了！

HELP
米米恩被捉走了！

「彼得去了哪裡？」米米恩驚奇地問。

絲絲、李察基爾和草菇對望了一眼，然後 不約而同 ＝＝ 做了個無奈的表情說：「彼得一定跟着人群衝進了蜜嫲嫲啦！」

「噗！」米米恩忍不住笑了起來：「原來他這麼貪吃！」

就在大家大笑着時，一隻胖胖的手突然大力捉住了米米恩，並拉着她跑了起來。

「呀！」米米恩驚叫，絲絲看到拉着她的是一隻粉紅色的河馬！

「糟糕！」絲絲急得雙腳亂跳：「那一定是河馬先生派來的！」

李察基爾立即發動四條腿，快步追上去，並大叫：「米米恩，我來救你！」

「李察基爾，等等我！」絲絲沒有李察基爾跑得那麼快，在他身後叫着。

李察基爾一邊跑一邊回頭：「絲絲、草菇，你們先去找彼得，再一起追上來吧！」

就這樣，米米恩、李察基爾和粉紅色河馬已消失了在人群之中，絲絲和草菇的心裡都着

急得要命，這時彼得正好捧着一大袋蜜桃甜品回來，一臉茫然地看着 **氣急敗壞** 的絲絲和草菇。

絲絲幾乎要哭出來，指着米米恩離開的方向嚷着說：「彼得，米米恩被一隻粉紅色的河馬捉走了！」

「甚麼？」彼得嚇得把手上的甜品都扔掉，並立即向前跑去：「我們快追吧！」

他們一直跑到甜品中心外，都沒有看到米米恩和粉紅色河馬的蹤影，絲絲不禁哭了起來：「糟了，米米恩去了哪兒呢？」

彼得拍拍心口道：「不用怕！河馬先生住在蘑菇村莊，只要我們趕往蘑菇村莊，一定會找到米米恩。」

　　絲絲點點頭收拾心情：「你說得對，我們快去吧！」

　　草菇擔心絲絲太疲累，便讓她坐到自己的背上，然後才匆匆趕路，向着蘑菇村莊進發。

　　當他們來到蘑菇山下，此時太陽已經下山，登山纜車也停駛了。

　　上山的路崎嶇不平，他們都不敢疏忽，小心翼翼地慢慢在陰暗的山路上走。

　　山路兩旁長滿了樹木，他們走着走着，突然聽到草叢後傳來了微弱的呼救聲：「救命啊！有沒有人？」

　　絲絲一聽就認出了是米米恩的聲音，果然，當他們繞到草叢後時，發現米米恩一個人伏在地上。

「米米恩！你沒事吧？」絲絲着急地從草菇背上跳下來，跑過去抱住了米米恩。

米米恩搖搖頭，卻哭着說：「李察基爾不見了！」

彼得說：「剛才發生了甚麼事？為何你一個人在這兒？」

米米恩擦了擦眼淚道：「剛才河馬先生把我從甜品中心捉走，一直把我帶到這兒，原來李察基爾也一直從後追來，當他趕到時，便跟河馬先生吵了起來。」

「河馬先生？剛才在甜品中心捉走你的，明明是一隻粉紅色的河馬，但之前想捉走絲絲的，卻是灰色的河馬先生啊！」草菇說。

絲絲恍然大悟道 :「看來河馬先生本來就是粉紅色的，只是他捉我時，也同時被我身上的粉晶頸鍊吸走了皮膚上的顏色！這麼說來，他一直在蘑菇山下跟蹤我們去到甜品中心，等我們找到米米恩，他就撲出來捉走她！」

彼得**咬牙切齒**地說：「太可惡了，他怎可以貪吃到逼米米恩做他的妻子呢？」

絲絲望向米米恩：「那麼，李察基爾跟河馬先生吵起來後，又發生了甚麼事？」

米米恩說 :「他們互相推撞，我在混亂中不小心被撞倒了，在我快要暈倒前，我迷迷糊糊地看見河馬先生竟然拉着李察基爾的嘴巴向山上跑了！」

　　「糟了，我們快追上去救李察基爾吧！」
彼得說。

　　絲絲讓虛弱的米米恩坐到草菇的背上，然
後一行人向山上走去。他們好不容易終於來到
蘑菇村莊的入口附近，聽到李察基爾和河馬先
生在不遠處爭執。

「你這肥鴨，怎麼跟着我回家？」河馬先生氣沖沖地說。

「吖吖！誰是肥鴨？我是巨鴨！而且是你把我捉來，不是我想跟着你的！」李察基爾也憤怒地說。

河馬先生提高聲量反駁：「山路光線不足，我以為自己握着米米恩的手，怎料回頭一看，竟然是你的嘴巴！真是嚇壞我了！你怎麼不跟我說呢？」

李察基爾氣得四條腿亂踢：「你握着我的嘴巴，叫我如何說話？吖吖！」

美味的淡雪

眾人聽到河馬先生竟然把李察基爾的嘴巴當成是米米恩的手，都覺得啼笑皆非。

由於他們爭吵的聲音實在太大，不少蘑菇村莊的村民都圍了過來，看看發生甚麼事。

這時，人群中突然有一把老婆婆的聲音說：「河粉！」

一位粉紅色的河馬婆婆從人群中走出來，河馬先生聽到她的說話，立即變得很乖巧地叫了她一聲「外婆」。

　　原來河馬先生的名字是河粉，而河馬婆婆是他的外婆。

　　河馬婆婆問：「你為甚麼跟人爭吵呢？」

　　「外婆，我……我……」河粉結結巴巴地說。

　　這時，絲絲、彼得、草菇和米米恩都走了過來，米米恩對河馬婆婆說：「河馬婆婆，你的孫子想強迫我當他的妻子，幸好我這幾位朋友救了我。」

　　河馬婆婆聽後皺眉看着河粉問：「真的嗎？」

　　河粉垂下頭道：「那是因為……米米恩做的啫喱甜品很好吃。我知道外婆很喜歡吃啫喱，而且你上次又因生病沒有吃到……」

絲絲驚訝地問：「原來你想米米恩當你的妻子，就是希望河馬婆婆能天天吃啫喱？」

河粉掩着臉點點頭。

「傻孩子，你怎可以勉強別人？」河馬婆婆摸摸河粉的頭說，然後又轉過身來跟米米恩等人道歉：「真的很抱歉，我會好好教導河粉的。」

河粉紅着臉向眾人鞠躬，衷心地說：「對不起。」

米米恩甜美地笑說：「算吧，既然你是為了讓外婆吃到美味的啫喱，我就原諒你吧。」

　　河粉高興地問：「那麼，你願意當我的妻子嗎？」

　　米米恩搖搖頭說：「不可以！不過，我倒是有一份禮物要送給你。」

　　她說完便拿出紙筆，大家都不知道她在寫甚麼，過了一會，她微笑着把紙張交給河粉。

　　河粉看着紙張上的字，驚訝得結結巴巴地說：「這……這是……嗚啊！」他突然大哭起來，連連向米米恩鞠躬：「真的很多謝你！我這樣對你，你不但原諒我，還把啫喱的食譜送給我！」

　　米米恩說：「這樣你就可以常常製作啫喱給河馬婆婆吃了。」

河馬婆婆和河粉都被米米恩的**寬宏大量**深深感動，連聲向她道謝。

河粉轉身向李察基爾說：「真的對不起，你的嘴巴有沒有受傷？」

李察基爾自信地道：「我這麼厲害，你是傷不到我的。」

「那個......」彼得突然一臉不好意思地向絲絲、米米恩說：「我也要說對不起，剛才在甜品中心，我竟然因為貪吃而沒有好好保護你們。」

米米恩說：「嘻嘻，我已想到懲罰你的方法了。」

「是甚麼？我願意接受懲罰！」彼得誠懇地說。

米米恩跟絲絲相視而笑，然後說：「絲絲是我的堂妹，一定知道我的想法的。」

絲絲點頭說：「彼得，你現在依照食譜製作足夠全村人吃的啫喱，這就是你的懲罰！」

彼得拍拍心口：「沒問題！交給我吧！」

於是，彼得開始製作啫喱，雖說是在懲罰他，但是絲絲、米米恩、草菇、李察基爾、河馬婆婆、河粉和一眾村民都熱情地幫忙，所以不消一會，足夠全村人吃的啫喱都做好了，大家都吃得津津有味，度過了一個快樂的晚上。

　　絲絲等人吃完啫喱後，在蘑菇村莊休息了一晚。第二天一早，他們便精神奕奕地出發到櫻花盛典。

　　來到櫻花盛典，這一次，他們終於可以看到優美的粉紅色櫻花。絲絲和米米恩兩位漂亮動人的少女在櫻花樹下的畫面，像圖畫一般美麗，看得遊人都如痴如醉。

　　突然，一把熟悉的聲音對絲絲說：「能再見到你，真是太好了！」

　　絲絲定睛一看，原來是昨天在櫻花盛典遇上的灰兔小姐，不過她現在已變回了粉紅兔小姐了！

粉紅兔小姐說 ：「謝謝你昨天安慰我，我現在果然沒有事了！如果沒有你，我一定會很慌張呢。」

絲絲瞇着眼睛開心地笑說 ：「粉紅兔小姐，你現在真的很漂亮，真開心能再遇上你。」

粉紅兔小姐蹦蹦跳着說：「昨天我都沒有好好參加櫻花盛典，所以今天再來遊覽！對了，你們吃了櫻花餅沒有？」

彼得這時終於在櫻花美景中清醒過來，大嚷 ：「對，我們差點忘了吃呢！」

於是，眾人買了又美味又漂亮的粉紅色櫻花餅，在漫天櫻花下愉快地品嘗。

參加完櫻花盛典後，他們馬不停蹄地回到粉粉莊園。園主叔叔在入口見到他們從遠處而來，高興得揮着雙手大叫：「淡雪已經變回粉紅色了，快來吃吧！」

一行人興奮地跑進莊園，果然，不只是倉庫中灰色的士多啤梨都變回了粉紅色的淡雪，農作物上也長出了新的果實。

「這些果實現在雖然是青色，但二十多天後，就會成熟至粉紅色的淡雪！今年真是大豐收，你們隨便吃吧！」園主叔叔一邊說，一邊給了他們一大盤淡雪。

絲絲把淡雪放進口中，鮮甜的果汁、厚實的果肉、清新的香味令她不禁合上了雙

眼,感覺自己像在一千顆美味的粉紅色淡雪中翩翩起舞。

「啊!太好吃了!」彼得不禁自轉了幾圈,而草菇和李察基爾也高興得大口大口地吃着。

米米恩用心感受着淡雪的香氣,然後說:「這些淡雪不但美味,而且包含着園主叔叔的心血和努力,如果我用淡雪來製作甜品,相信一定能讓吃到的人加倍快樂!」

他們跟園主一家一起享用淡雪後,又再買了幾大箱淡雪,然後啟程回宮。

「旅程終於要完結了!」絲絲依依不捨地看着黃昏的天空說。

　　他們說說笑笑地走在回程的路上，當回到皇宮時，國王、皇后看見米米恩也一同回來，都開心不已，於是邀請皇宮上下一起品嘗淡雪，米米恩更親手做了淡雪蛋糕，大家一邊聊天一邊吃着美食，度過了溫暖又愉快的晚上。

　　到了第二天，米米恩為了繼續她的甜品修鍊之旅，只好向眾人告別。這一次，她終於可以帶着李察基爾一起了。

　　「米米恩、李察基爾，你們一定要多回來探望我啊！」絲絲說。

　　「對，記得帶美食回來給我們吃。」彼得吐吐舌頭道 。

「果然是貪吃鬼！」米米恩笑道：「對了，絲絲下次再去旅行時，也可以相約我和李察基爾一起去遊玩呢。」

「一言為定！」絲絲大聲說。

米米恩揮了揮手，便和李察基爾一起轉身離開，而絲絲也在心裡默默地期待着下一次的旅程。

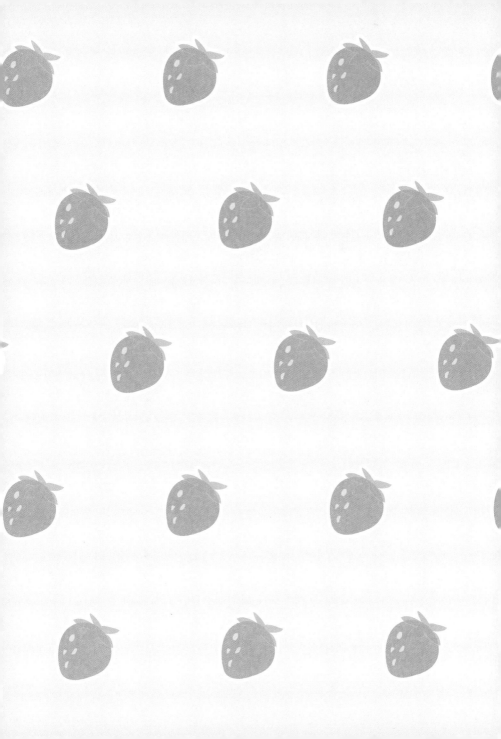

成語連一連
用直線把成語和對應的表情圖連起來吧！

大吃一驚 ·

胸有成竹 ·

愁眉苦臉 ·

淚流滿面 ·

捂嘴而笑 ·

眉開眼笑 ·

答案在後頁

正確答案

眉開眼笑
形容心情愉快，眉頭放鬆，眼有笑意。

胸有成竹
比喻在做事前已感到信心十足。

淚流滿面
形容非常傷心，淚水流滿整個臉龐。

捂嘴而笑
形容用手掩着嘴巴暗笑。

大吃一驚
形容對發生的事情感到十分意外。

愁眉苦臉
皺着眉、苦着臉，形容傷心的神情。

1 回來吧！紫水晶力量！

故事簡介

孝順的紫水晶公主炮製了紫薯奶昔給父母喝，怎料紫色的奶昔卻突然變成了奇怪的灰色。

國王和皇后不想浪費公主的心血，把奶昔喝掉後竟一睡不起。

烏龜老師發現事情的關鍵在於公主的紫水晶項鍊，聽完他的意見後，公主便和將軍的兒子彼得、羊駝草菇一起出發，離開皇宮尋找拯救父母的方法。

旅途上既有令人緊張萬分的難關，又有讓人捧腹大笑的趣事，公主等人以智慧、勇氣和善良的心一直前進，到底他們能讓國王和皇后甦醒過來嗎？

《水晶公主（3）：失去笑容的金髮晶公主》
故事預告

金髮晶公主浠渝是紫水晶公主絲絲的親姐姐，而且是著名的女戰士，她聰明機智、擅長武術，擁有保衛水晶王國的崇高理想。

浠渝長大後一直在南方負責訓練士兵，絲絲非常想念她，便跟彼得、草菇一起離開皇宮前往探望。

可是，當來到軍營時，她看到的浠渝卻是個失去了笑容，完全不快樂的公主，跟以往的她完全不同。

絲絲等人努力逗她開心，甚至請粉晶公主米米恩製作讓人快樂的甜品，但是浠渝始終沒有再笑起來。

經過查探後，絲絲發現浠渝的快樂原來被女魔頭淚珠兒偷走了，他們一行人為了拯救浠渝，決定去找淚珠兒，懷着勇氣展開了刺激的冒險之旅。

到底他們能戰勝淚珠兒、讓浠渝找回快樂嗎？旅程中發生了甚麼事，令他們領悟到快樂的眞諦？

大家請密切期待《水晶公主（3）：失去笑容的金髮晶公主》，一起尋找快樂的方法吧！

水晶公主 (2)：粉晶的主人

作者＆監製： 張篤
繪畫： 太陽少年
設計排版： Ryan Mo @ 廢青設計 C
校對： 大表姐
出版經理： 望日

出版： 星夜出版有限公司
網址： www.starrynight.com.hk
電郵： info@starrynight.com.hk

香港發行： 春華發行代理有限公司
地址： 九龍觀塘海濱道 171 號申新證券大廈 8 樓
電話： 2775 0388
傳眞： 2690 3898
電郵： admin@springsino.com.hk

台灣發行： 永盈出版行銷有限公司
地址： 231 新北市新店區中正路 499 號 4 樓
電話： (02)2218-0701
傳眞： (02)2218-0704

印刷： 嘉昱有限公司

圖書分類： 兒童故事
出版日期： 2021 年 9 月初版
ISBN： 978-988-79775-1-3

定價： 港幣 68 元／新台幣 340 元

本故事純屬虛構，與現實的人物、地點、團體、事件等無關。